A Élise y Juliana

Título original: *Pomelo se demande*
Publicado con el acuerdo de Albin Michel Jeunesse, París

Web: www.editorialkokinos.com
Traducido por Esther Rubio
ISBN: 84-88342-59-4

Esta obra se benefició del P.A.P. GARCÍA LORCA, Programa de Publicación del Servicio de Cooperación y de Acción Cultural de la Embajada de Francia en España y del Ministerio francés de Asuntos Exteriores.

Pomelo

se pregunta

Ramona Bădescu Benjamin Chaud

KÓKINOS

12
45
789
0

Pomelo se pregunta

A veces, sin razón aparente,
Pomelo deja todo lo que está haciendo
y comienza a preguntarse cosas.

Por ejemplo,
se pregunta
en qué pensarán las hormigas.

O, ¿por qué los calabacines son verdes

y los tomates rojos?

Y, si él fuera de color verde…
¿Seguiría siendo él mismo?

¿Qué haría si estuviera
completamente solo?

¿Y… si no existiera el huerto?

¿Y si tuviera pelo?

¿Y si Rita le mirase?

Y, sobre todo:
¿Quién habrá dado un mordisco a la luna?

Pomelo se pregunta
de dónde vendrán los nabos...

¿Quién ha pasado por aquí?

¿Quién pasará por allá?

Se pregunta si todo el mundo sueña,
incluso Silvio.

Si los rábanos van a desaparecer,
como desaparecieron un día las zanahorias.

Pomelo se pregunta: ¿De qué va esto?

Se pregunta si él también se hará viejo.

Y si sería conveniente comerse
una fresa más.

Se pregunta quién decide
lo que ocurre en este cuento.

Y si alguien se habrá hecho ya
estas mismas preguntas.

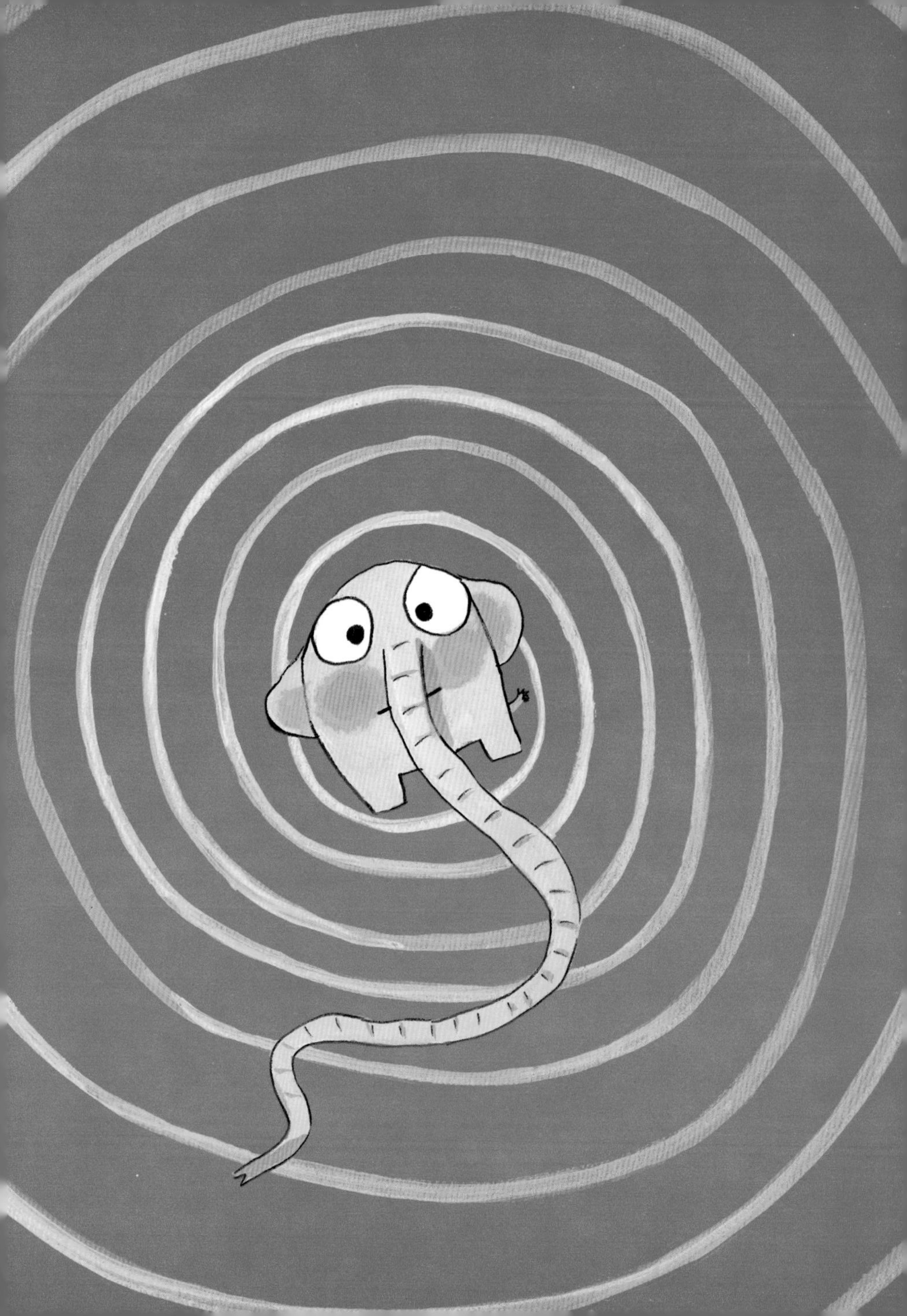

Y también:
¿Cómo sabemos que es primavera?

Es primavera

Po Po Po Pom

PoPom PoPom

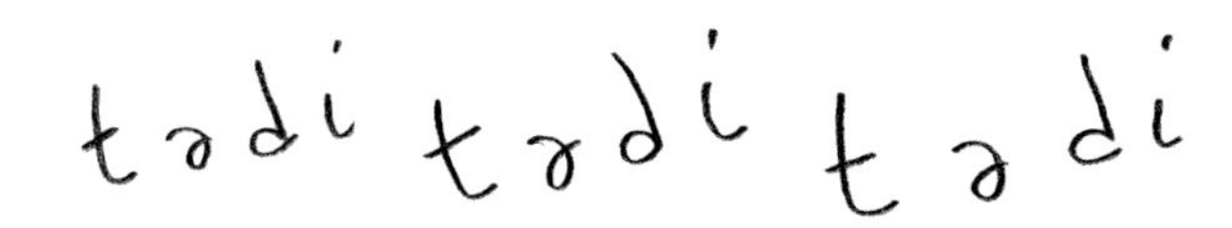
tadi tadi tadi

di
di
di

r a di r a di

rrdiiiii

jiiiii
a

ah
a
a

ah
ah

je
je

plic ploc

plic plic ploc

uah
uah
uah

uuuuummmm

¡Es

priiii

ma

vera!
Pop!

Esto ha sido:

ES PRIMAVERA

una comedia musical del huerto

con:

Pomelo

Rita

Gigi

Gantok

Silvio

las babosas, las hormigas,
las abejas, los insectos indefinidos,
las flores y sus brotes.

Luces: (en alternancia) Luna/Sol
Operadores: las luciérnagas
Casting y ensayos generales: Ramona Bãdescu
Decorados y encuadre: Benjamin Chaud
Peluquero del señor Pomelo: Emiliano
Cantina: Kókinos
Cascadas: las pulgas

El vestuario del señor Gantok y de la señorita Rita es de «De Laensalada»

Agradecimientos: al jardinero, a la hierba que crece, al tiempo que pasa, a todos los figurantes.

tristezas de huerto

De pronto, después de tanta alegría,
Pomelo siente como una pizca de ganas
de estar triste.

Entonces se prepara unas fresas
de bosque y piensa intensamente…

en todas aquellas fresas de bosque
que no se comerá.

En todos esos momentos que ha olvidado.

En ese sueño horrible que se repite.

En el rojo tan rojo de los rábanos.

En aquella vez
que le confundieron con un tomate.

En la baba de las babosas.

En las rodillas
rugosas
de Gantok.

En lo suaves que son las hojas
de la flor de diente de león.

Piensa en todas esas preguntas
sin respuesta.

Y también en aquellas
que tienen demasiadas respuestas.

En el incalculable número de moscas
que pueden existir.

En esas nubes
que no consiguen convertirse en lluvia.

En las flores que lo tiñen todo de amarillo.

En la ramita que rompió
un día que iba con mucha prisa.

Piensa que si él no estuviera aquí,
seguramente nadie lo notaría.

Aunque, de todas formas,
mientras haya fresas de bosque…
¡Pomelo está feliz de estar triste en
primavera!